고양이 카페

SEOUL, 2017

고양이 카페

초판 제1쇄 발행일 2017년 7월 5일
초판 제10쇄 발행일 2022년 3월 20일
글 서석영 그림 윤태규
발행인 박헌용, 윤호권 발행처 (주)시공사
주소 서울시 성동구 상원1길 22, 6-8층 (우편번호 04779)
대표전화 02-3486-6877 팩스(주문) 02-585-1247
홈페이지 www.sigongsa.com/www.sigongjunior.com

글 ⓒ 서석영, 2017 | 그림 ⓒ 윤태규, 2017

ISBN 978-89-527-8546-6 74810
ISBN 978-89-527-5579-7 (세트)

*시공사는 시공간을 넘는 무한한 콘텐츠 세상을 만듭니다.
*시공사는 더 나은 내일을 함께 만들 여러분의 소중한 의견을 기다립니다.
*잘못 만들어진 책은 구입하신 곳에서 바꾸어 드립니다.

 KC마크는 이 제품이 공통안전기준에 적합하였음을 의미합니다.
제조국 : 대한민국 사용 연령 : 8세 이상
책장에 손이 베이지 않게, 모서리에 다치지 않게 주의하세요.

고양이 카페

서석영 글 · 윤태규 그림

시공주니어

 차례

♬ 세상은 우리의 놀이터
놀고 놀고 또 놀아도
신나는 놀이는 끝이 없고   우리 절대로

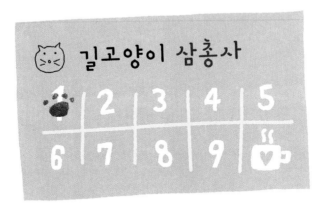

길고양이 삼총사 번개, 룰루, 투투는 노는 데는
정말 선수예요. 번번이 새 놀잇감을 찾아 신나게
놀아요.

자동차 놀이도 이번에 새로 찾은 놀이예요. 깜깜한
밤이면 아파트 주차장은 삼총사의 놀이터가 돼요.

"오늘은 이 큰 차가 내 차야."

무슨 일이든 앞장서기 좋아하는 번개가 가장 먼저 차를 골라요.

몸이 날렵하고 예쁜 고양이 룰루도 지지 않고 말해요.

"난 장난감처럼 귀엽고 아담한 이 차가 맘에 들어."

꾀쟁이 투투는 마음에 드는 차를 발견하면 만세를 불러요.

"난 잘빠진 이 스포츠카가 좋은데."

삼총사는 자동차 광고 모델처럼 차 옆에 서서 한껏 폼을 잡기도 해요.

번개는 뒷짐 지고 팔자걸음을

걸으며 잘난 척을 해요.

"이 차는 저처럼 매력적이고 힘이 넘치죠."

룰루는 귀여운 표정을 짓고 빙글빙글 돌며 말해요.

"이 차는 저처럼 깜찍하죠?"

투투는 팔짱을 끼고 발을 까닥거리며 말해요.

"자동차는 적어도 이 차 정도는 돼야 차라고 할 수 있죠."

고양이 삼총사는 장난치며 깔깔, 아니 야옹야옹 웃어요.

"자, 이제 신나게 몸을 풀어 볼까?"

춤 잘 추기로 소문난 룰루가 차 위로 올라가 몸을 흔들어요. 그러면 번개와 투투는 물론이고

어느새 다른 길고양이들까지 몰려와 차 위를
거닐며 춤을 추어요. 춤추고 노는 게 시들해지면
징검다리 놀이를 해요. 차를 징검돌 삼아
뛰어다니며 쫓고 쫓기는 놀이예요. 한 발이라도
땅에 닿으면 바로 탈락이에요.

몸이 가볍고 날쌘 고양이들은 흠집 하나 내지
않고 자동차 위를 폴짝폴짝 뛰어다니며 신나게
놀아요. 차 주인들이 알면 "이게 얼마나 비싼 차인
줄 알아?" 하고 고래고래 고함치다 꼴까닥
까무러칠 일이죠.

"이제 공원으로 가서 놀자."

번개가 앞장서면 친구들은 우르르 그 뒤를
따라요.

공원에 도착하면 이 나무 저 나무로 휙휙
공중제비를 넘고, 물구나무서기를 한 채 뒤로
걸으며 묘기를 부려요.

나무 타기도 빼놓을 수 없죠.
나뭇가지에 매달려 그네를 타고,
누가 빨리 꼭대기에 오르나
시합을 해요. 그러고는
밤송이처럼 꼭대기에서 툭툭
떨어져요. 재주가 얼마나 좋은지

털끝 하나 다치지 않고 땅에
사뿐히 내려선답니다.
　도시의 밤은 길어서 실컷
놀아도 걱정 없어요.
　고양이들은 이렇게 하루하루
재미있게 살아요.

바람처럼 자유롭게 사는 길고양이들에게도
골칫거리가 있어요. 바로 비예요. 비가 오면 거리를
쏘다니며 놀 수 없고, 배를 채우기도 쉽지 않아요.
비에 젖어 오들오들 떨다 보면 제아무리
삼총사라도 우울해져요. 비가 계속 내리는
장마철은 길고양이들이 견디기 힘든 시간이에요.

장맛비가 주룩주룩
며칠째 내리던 날이었어요.
삼총사는 지붕 밑에서
비가 그치기만을
기다렸어요.

투투가 말했어요.

"떨고만 있으니 더 추운 것 같아.
먹을 걸 찾아보자."

하지만 쓰레기통 뚜껑은 단단히
닫혀 있고, 거리는 빗물에 씻겨 멸치 대가리 하나
없었어요.

"오늘도 굶겠는데."

룰루가 시무룩하게 말했어요.

그때 앞서가던 번개가 길모퉁이 어느 집 앞에서
걸음을 멈추었어요. 룰루와 투투도 멈춰 섰지요. 집
안에서 고소한 냄새가 나는 것 같았어요.

세 친구는 기웃기웃 집 안을 살폈어요.
"빈집인 것 같은데 한번 들어가 보자."
이번에도 번개가 앞장섰어요.
삼총사는 살금살금 조심조심 안으로 들어갔어요.

"여기 쪽지가 있는데?"
삼총사는 눈을 크게 뜨고
쪽지를 읽었어요.

50년 동안
일해 모은 돈으로,
고양이 나비와 함께
여행을 떠납니다.
그러니 누구라도
들어와 사셔도 됩니다.

주인 올림

"우아, 빈집을 발견하다니 우리 진짜 운
좋다."

삼총사는 집 안을 찬찬히 둘러보았어요.

투투가 말했어요.

"커피콩이 많은 걸 보니 얼마 전까지
카페였나 봐."

룰루는 고소한 사료를 찾아냈지요.

"여기 봐. 고양이 사료도 있어. 나비가
먹던 건가 봐."

"배고파 죽겠어. 어서 먹자."

번개가 제일 먼저 먹기 시작했죠.

"배부르니까 살겠다. 여기 있는 사료 다 먹을
때까지 여기서 살자."

번개가 배를 문지르며 말하자 룰루가 물었어요.

"그다음엔?"

"다시 먹이를 찾아 거리로 나가야지, 뭐."

그때 갑자기 투투의 머릿속에 좋은 생각이
떠올랐어요.

"우리, 카페를 하자. 고양이 카페!"

"고양이 카페?"

"고양이 카페를?"

번개와 룰루의 눈이 동그래졌어요.

"응! 여기 있는 커피랑 차를 만들어 파는 거야.
그럼 비 오는 날마다 거리를 헤매지 않아도
되잖아."

번개가 물었어요.

"좋은 생각이야. 그런데 뭘 받고 팔지?"

투투가 대답했어요.

"우리가 먹을 수 있는 거면 뭐든! 집도
생겼으니까 먹을 것만 있으면 되잖아."

룰루가 맞장구쳤어요.

"사료 한 줌이나 멸치, 새우 두세 마리 정도라도

충분해."

"야호, 당장 시작이야."

꾀쟁이 투투는 카페
주인이 남긴 책을 보며
커피와 차를 만드는
법을 알아냈어요.
투투가 알려 주면
번개는 재빨리 행동에 옮겼지요. 룰루는 아름다운
몸짓으로 찻잔 나르는 연습을 했어요. 마지막으로
고양이 삼총사는 문 앞에 '고양이 카페'라고 써
붙였어요. 지붕에도 간판을 만들어 달고요.

카페 앞을 지나가던 사람들은 눈을 깜박이며
카페로 들어섰어요.

"고양이 카페?"

"고양이가 차를 파는
곳인가?"

"한번 들어가 볼까?"

"어머나, 고양이들이

정말 장사를 하네. 저기 봐. 고양이가 커피를
내리고 있잖아."

사람들은 고양이들이 만든 커피와 차를 마셔
보고 싶었어요. 신기한 경험이니까요. 하지만
계산할 때가 되자 지갑을 들고 어쩔 줄 몰라
했어요.

"가진 건 종이 돈이랑 동전뿐인데 어떡하지?"

고양이 사료나 멸치, 새우를 갖고 다니는 사람은
없었거든요.

삼총사는 커피와 차 한 잔에 백 원을 받기로
했어요. 그 돈을 먹이로 바꾸는 건 길 건너
슈퍼마켓에 사는 고양이에게 부탁하기로 했지요.

"고양이가 차를 파는 것도 신기한데 값도 싼걸."

사람들은 고양이 카페가 무척 마음에 들었어요.

길 가던 고양이들도 카페 앞을 기웃거렸어요.

"고양이 카페라고?"

"도대체 뭐 하는 곳이지?"

길고양이들 소리가 들리면 이때를 놓치지 않고 번개, 룰루, 투투는 얼른 뛰어나가 말했어요.

"들어와! 고양이는 누구나 환영이야."

"정말 들어가도 돼?"

"그렇다니까. 뭘 좀 먹고 가도 되고, 원하면 여기서 살아도 돼."

"진짜?"

"고양이 카페는 함께 일하면서 사는 곳이거든."

삼총사는 고양이 카페에 찾아온 길고양이들이 쉬어 갈 수 있게 했어요. 길고양이로 살면 자유롭지만 불편하고 어려운 때도 많다는 걸 잘 아니까요.

거리를 헤매다 고양이 카페에 들어온 고양이들은 너도나도 말했어요.

"길에서 오들오들 떨지 않으니까 정말 좋다."

"맞아. 진짜 마음이 편해. 그리고 힘이 나."

"늘 꿈꾸던 곳이 바로 여기인 것 같아."

번개, 룰루, 투투는 흐뭇하고 기분이 좋았어요.

"고양이 카페를 열길 정말 잘했어."

고양이 카페 고양이들은 찾아오는 손님들을 친절하게 맞아 주었어요. 두 번째 방문한 손님은 꼭 알아보고 반겼어요. 조용히 쉬고 싶어 하는 손님 곁에 가선 얌전히 앉아 있고, 외로워 보이는 손님이 찾아오면 살며시 무릎에 올라가 다리를 살살 긁어 주었어요. 지친 손님한테는 아픈 곳을 꾹꾹 시원하게

눌러 주며 '꾹꾹이 안마'를 해 주고요.

고양이 카페를 나서는 사람들은 얼굴이
달처럼 환해졌어요.

"고양이 카페 한번 가 봐. 얼마나 좋은지 몰라."

소문은 금세 퍼져 나갔어요. 고양이 카페에는
손님이 끊이지 않았지요. 길고양이
식구들도 점점 늘어나고요.

그런데 문제가 생겼어요. 한낮이 되면 고양이들은
쏟아지는 잠 때문에 견디기 힘들었어요.
　어느 날 꾸벅꾸벅 졸던 번개가 눈을 비비고
머리를 털며 말했어요.
　"우리 고양이들은 낮에 좀 자야 밤에 더 열심히
일할 수 있잖아. 카페를 밤에만 열면 안 될까?"
　룰루가 반쯤 감긴 눈으로 대답했어요.

"지금도 식구가 많고 앞으로도 길고양이들이
찾아올 거야. 밤에 오는 손님만 받아선 살림이
쪼들릴 거라고."
　투투가 꿈에서 깨어난 듯 벌떡 일어났어요.
"좋은 생각이 있어."
"어떤 생각인데? 궁금해. 어서 말해 봐."
　잠이 싹 달아난 번개와 룰루가 왕방울 눈을 하고
재촉했어요.

"낮잠을 파는 거야."

"낮잠을 판다고?"

"낮잠 자고 싶은 사람들을 재워 주는 거지.
기억 안 나? 우리 카페에서 꾸벅꾸벅 졸던
사람들. 밤에 제대로 못 자는 사람들은 우리가
곁에 있으면 잠이 솔솔 올 거야."

고양이들은 곧바로 '고양이와 낮잠 자기'
쿠폰을 만들었어요. 한 시간 쿠폰, 두 시간
쿠폰을 만들어 고양이와 같이 낮잠을 자고
싶은 사람들에게 팔았지요.

"고양이와 낮잠을 자면 몸과 마음이 편안해져."

"난 사랑받는 느낌이 들어. 아늑하고 포근한

이 느낌, 정말 오랜만이야."

　낮잠 쿠폰은 대성공이었어요. 나른한 오후
시간이면 고양이와 함께 낮잠을 자려는
사람들이 카페 앞에 기다랗게 줄을 섰거든요.
손님들도 좋아했지만 고양이들은 두 배로
좋았죠. 낮잠도 자고 돈도 벌 수 있으니까요.

　어느 날 낮잠 시간이 끝나고 막 카페를 열
참이었어요. 카페의 고양이들은 막내 고양이
치치가 감쪽같이 사라졌다는 걸 알았어요.

　"분명히 소파에서 손님이랑 자고 있었는데

어디 간 거지?"

카페 안을 살피고 샅샅이 뒤졌지만 치치를
찾을 수 없었어요.

"밖에 나갔다 길을 잃거나 사고를 당한 게
분명해!"

고양이들은 카페 문을 닫은 채 모두 걱정에
빠졌어요. 그때 카페 문이 열리더니 낮에 왔던
손님이 들어섰어요.

"뭘 놓고 가셨나요?"

"뭘 놓고 간 게 아니라 데리고 갔어요. 여기."

손님은 가방을 앞으로 내밀었어요. 손님의 가방
안에서 치치가 고개를 내밀었어요. 고양이들은
놀라 입이 딱 벌어졌죠.

"가방이 열려 있어서 그 안에 들어가 잤는데,
손님이 그걸 모르고 날 데려간 거예요."

"너 어쩜 그럴 수가 있어? 큰일 난 줄 알았잖아!"

고양이들이 나무랐지만 철없는 치치는
종알거렸어요.
  "가방 속에서 자는 것도 좋았지만, 가방을 타고
둥둥 떠다니는 건 더 재미있었어요!"
  한바탕 큰 소동이 벌어졌지만, 무사히
지나갔어요.

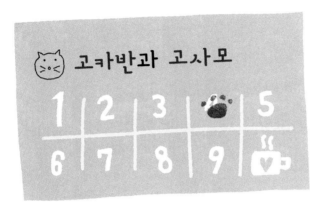

고양이 카페에 손님이 점점 더 많아지자, 속이 부글부글 끓는 사람들이 있었어요. 바로 고양이 카페 주변에서 커피숍과 찻집을 운영하는 주인들이에요.

"이러다간 고양이 카페에 우리 손님을 다 빼앗길 거야."

"이대로 가만있어선 안 되겠군!"

주인들은 '**고양이 카**페를 **반**대하는 모임'인
'고카반'을 만들었어요. 고카반 사람들은 너도나도
팻말을 들고 고양이 카페 앞으로 몰려갔어요.
팻말에는 고양이 카페를 문 닫게 해야 한다는
말들이 쓰여 있었죠.

한 사람이 구호를 외치면 나머지 사람들이 따라서
입을 모아 소리쳤어요.

"고양이 카페가 웬 말이냐!"

"고양이 카페가 웬 말이냐!"

"고양이 카페 반대!"

"고양이 카페 반대!"

"고양이 주인 절대 금지!"

"고양이 주인 절대 금지!"

길 가던 사람들은 무슨 일인가 싶어 발걸음을
멈추고 지켜보았어요. 몇몇은 휴대 전화로 사진을
찍었고요.

사람들이 찍은 사진이 인터넷을 통해 순식간에
퍼졌어요. '고양이를 **사랑하는 모임**'인 '고사모'
사람들에게도 이 소식이 들어갔어요. 그러자 이번엔
고사모 사람들이 고양이 카페 앞에 모여들었어요.
　　"고양이들이 커피 한 잔에 단돈 백 원을 받아 멸치
몇 마리를 사겠다는데, 그게 잘못인가요?"
　　"맞아요. 고양이도 엄연한 생명이니 지구에서
　　살 권리가 있어요. 고양이라고 방해해선 안 되죠!"
　　하지만 고카반 사람들은 순순히 물러서지
　　　　않았어요.

"고양이 권리만 생각하나요? 우린 장사가 안 돼
죽겠는데 왜 사람 걱정은 안 하죠?"

고사모 사람들도 지지 않고 외쳤어요.

"이건 명백한 동물 학대예요!"

"그럼 고양이 카페 때문에 우리가 힘든 건
사람 학대겠네요?"

"그게 말이 돼요?"

"왜 말이 안 돼요?"

고카반 사람들과 고사모 사람들은 서로 삿대질을
하며 고래고래 소리를 질렀어요.

그때 고양이 카페 문이

스르르 열렸어요. 고양이들은

아무 일도 없다는 듯
태연하게 찻잔을 날랐어요.

　얼떨결에 찻잔을 받아 든 고카반 사람들과
고사모 사람들은 차를 마셨어요. 조용히, 예의
바르게. 차를 마실 때는 누구나 그러니까요.
　따뜻한 차에 마음이 조금 가라앉은 고카반
사람들이 말했어요.
　"차가 진짜 맛있네요. 어떻게 해야 이런 맛이
나는지 어서 가서 연구해 봐야겠어요."
　"가게를 오래 비웠으니 이만 가 봐야겠어요."
　고사모 사람들도 중얼거렸어요.
　"다 사정이 있는데 우리가 너무 우리 주장만
했나 봐요."

"아무튼 차가 정말 맛있네요."

사람들은 서로 누가 먼저 일어나나 슬금슬금
눈치를 보다 조용히 자리를 떠났죠.

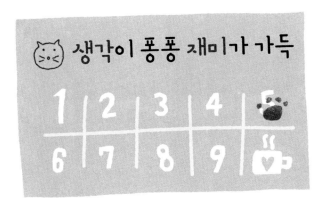

고양이 카페에 다시 평화가 찾아왔어요.
고양이들은 고양이들을 사랑해 준 사람들, 넓은
마음으로 이해해 준 사람들이 고마웠어요.
　"우리가 보답하는 길은 손님들을 잘 모시는
것뿐이야."
　고양이들은 머리를 맞대고 어떻게 하면 손님들을

기쁘게 할 수 있을지 궁리했어요.

　노는 데는 선수인 길고양이들이라 기발한
아이디어가 모아졌어요.

　"손가락으로 실뭉치를 튕겨 골문 안에 넣는
'실뭉치 축구'는 어때?"

"탁자 위에서 달걀 굴리는 게임도 재미있어할 것
같아."

고양이 카페에 재미있는 놀이가 계속 늘어났어요.
'울음소리 맞히기'는 아기 울음소리와 고양이
울음소리를 구별하는 거예요. 칸막이 뒤에서
치치가 울고, 그다음에는 미리
녹음한 아기 울음소리를
틀었어요.

치치와 아기 울음소리는 너무 비슷해
알아맞히기가 보통 어려운 게 아니에요. 손님들은
이상하게도 틀릴수록 더 재미있어했어요.
"에이, 내가 또 속았네, 호호."
가장 인기 있는 놀이는 '달걀 굴리기'예요. 탁자
끝에서 달걀을 굴려 누가 더 멀리 보내는지
겨루는 게임이지요. 놀이가
시작되면 지켜보는

누구라도 조마조마했지요.

놀이 아이디어는 퐁퐁 샘솟았어요.

"사람들은 사진 찍는 걸 좋아하잖아."

"맞아. 카페에 오면 우리랑 사진 찍기 바쁘지! 사진을 더 재미있게 찍는 방법이 없을까?"

다음 날 고양이 카페에는 '고양이랑 사진 찍기' 놀이가 생겼어요. 고양이들은 당번을 정해 드레스와 턱시도를 입고 손님들과 사진을 찍었어요. 손님들은 곧바로 휴대 전화로 친구들에게 사진을 보내며 자랑했지요. 그러면 놀란 친구들은 바로 답을 보냈어요.

"고양이 신랑이야? 멋진걸. 나한테 연락도 안 하고 결혼한 거야?"

"고양이 신부 정말 예쁜데? 신부 친구 좀 소개해 줘!"

고양이들은 손님들이 즐거워하는 모습을 보면

행복했어요. 그래서 자꾸자꾸 새로운 놀이를
찾아냈어요. 그럴수록 고양이 카페에는 손님이 더
많아졌고요.

"고양이 카페는 올 때마다 새롭다니까."

"맞아. 서비스가 최고야, 최고!"

고양이 카페가 인기 있다는 소문이 이어지자,
너도나도 '고양이 카페'를 만들기 시작했어요.
사람들은 뭐든 그대로 베끼는 데는 선수니까요.
　비 온 뒤 새싹 돋아나듯 여기저기 고양이 카페가
생겨났어요. 그중에는 고양이를 진짜 좋아하는
사람들도 있지만, 돈에 눈이 어두운 장사꾼들도

있었어요.

돈만 좋아하는
장사꾼들의 카페에서는
입장료만 내면 언제든 고양이와
시간을 보낼 수 있었어요. 카페에 들어가면 종업원이
고양이를 골라 손님 무릎에 올려놓았어요.

"이 고양이랑 노세요."

손님들은 장난감을 고르듯 고양이를 고를 수
있었어요.

"이 고양이 졸려서 정신 못 차리는데 다른
고양이로 바꿔 주면 안 되나요?"

손님들은 낮잠 자는 고양이를 깨우기도 하고,
손가락으로 툭툭 건드리며 장난을 치고, 마음대로
안아 보기도 했어요. 카페에서 파는 간식을 마구
먹이기도 하고요.

카페 주인들은 손님들의 관심을 끌려고 점점 더

많은 고양이를 카페에 데려다 놓았어요.

"와, 이 카페에는 고양이가 정말 많다."

"맞아, 처음 생긴 고양이 카페보다 훨씬 많은걸."

사람들은 고양이들이 많은 카페를 좋아했어요.
하지만 카페에 고양이가 많아질수록 고양이들은
비좁은 곳에 갇혀 사는 게 괴로웠어요.

"조용히 혼자 있을 자리도 없고, 진짜 숨이
막히는 것 같아."

"졸려 죽겠는데 자꾸 만지작거리는 것도
너무 싫어. 우리가 장난감인가, 뭐."

그뿐만이 아니에요. 주인들은 고양이들에게
손님들 마음에 들도록 재롱을 피우라고 자꾸
떠밀었어요. 몸이 아픈 고양이도 쉬지 않고
손님들과 놀아 줘야 했지요.

고양이들은 밤마다 이야기를 나누었어요.

"사람이 하는 카페 말고, 고양이들이 하는

카페가 있대."

"나도 손님들 얘기 들었어. 거긴 정말 고양이 천국이래."

"하지만 갇혀 있으니 갈 수가 있나."

"그래도 꿈을 잃진 말자. 언젠가 우리도 멋지게 살 수 있는 날이 올 거야."

　고양이 카페가 늘어나자 삼총사네
'고양이 카페'에는 손님이 줄었어요.
　"갑자기 이렇게 어려워질 줄 몰랐어. 그동안
식구가 많이 늘었는데 큰일이야."
　룰루가 걱정하자 번개가 말했어요.
　"찻값을 올리는 건 어때?"

투투는 고개를 절레절레 저었어요.

"안 돼. 찻값은 우리가 손님들에게 한 약속이니까
끝까지 지켜야 해."

카페 고양이들은 머리를 맞대고 의논했어요.
하지만 뾰족한 방법이 떠오르지 않았어요.
고양이들이 모두 우울해할 때였어요. 꾀쟁이
투투가 탁자를 꽝 쳤어요.

"이런 때일수록 아무도 상상하지 못한 놀라운
방법을 써야 해."

"상상하지 못한 놀라운 방법?"

"응. 우리 카페에서 일할 생쥐를 구하는 거야."

번개는 얼굴을 잔뜩 찡그리고 소리쳤어요.

"너, 바보 아냐? 어떤 생쥐가 고양이 소굴에
온다고 하겠어?"

"왜 그렇게 화를 내고 그래?"

투투도 질 수 없다는 듯 목소리를 높이자

룰루가 나섰어요.

"카페를 살려야 하는데 우리끼리 싸우면
어떡해?"

룰루는 골이 나 있는 번개를 달랬어요.

"아무도 생각하지 못한 방법이 통할 때가 있잖아.
투투 말대로 한번 해 보자. 생쥐가 안 오면
그만이잖아."

번개가 마지못해 고개를 끄덕였어요.

투투는 신나게 휘파람을 불며 광고지를
만들었어요.

투투가 광고지를 문 앞에 붙이려 하자 번개가
막아서며 잘난 척을 했어요.

"생쥐들이 더 잘 볼 수 있는 곳에 붙여야지."

삼총사는 카페 문에 생쥐 구멍을 내고, 새로 만든
광고지를 구멍 가까이에 붙였어요.

고양이 카페에서 일할
생쥐를 찾습니다

- 🐾 생쥐만 모심. (해치지 않아요!)

- 🐟 가족으로 여기고 넉넉한 먹이 드림.
  (멸치 잔뜩!)

- 🌙 따뜻한 잠자리 드림.

- ♥ 관심 있는 생쥐는 언제든 카페로
  오세요. (고양이 낮잠 시간만 빼고!)

지나가던 생쥐들이 코웃음을 치며 비웃었어요.

"고양이 카페에서 생쥐를 구한다고? 우리를
바보로 아나?"

"맞아. 저건 분명 함정이야. 저 카페에 들어가는
즉시 고양이 밥이 되는 거라고."

딱 한 마리, 마음이 흔들린 생쥐가 있었어요.
새끼가 아홉이나 딸린 아홉이네 엄마는 하루 종일
돌아다니고도 쌀 한 톨 줍지 못했어요. 터벅터벅
집으로 돌아가는데 맛있는 냄새가 나는 거예요.

"어, 고양이 카페? 여기선 도대체 뭘 팔지? 생쥐
스테이크나 생쥐가스를 파는 거 아냐?"

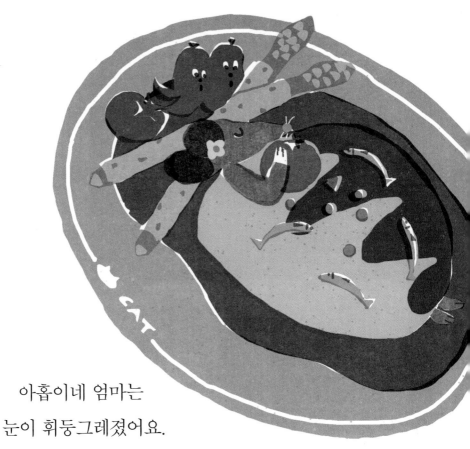

　아홉이네 엄마는
눈이 휘둥그레졌어요.
하지만 놀랄 일이 또 있었어요.
고양이 카페에서 일할 생쥐를 구한다는 거예요.
　"고양이 카페에서 생쥐가 일한다고? 그게 말이나
돼? 진짜 별일을 다 보겠네."

　아홉이네 엄마는 발걸음을 돌렸어요. 하지만 곧
고양이 카페 앞으로 주춤거리며 다가갔어요.
　아홉이네 엄마는 죽을 각오를 하고 구멍으로
고개를 들이밀었어요.
　고양이들과 눈이 딱 마주치자 가슴이 벌렁벌렁
뛰고 몸이 부들부들 떨렸어요. 턱이 덜덜 떨리고
이가 딱딱 부딪쳐 말을 할 수 없었어요.

'이래선 안 돼. 용기를 내야 한다고.'

아홉이네 엄마는 침을 꼴깍 삼키고 겨우 입을
열었어요.

"생, 생, 생쥐를 찾는다고……."

"어서 와요. 잘 왔어요."

그래도 마음이 놓이지 않아, 아홉이네 엄마는
금방이라도 달아날 수 있도록 구멍 밖에 서
있었어요.

"생, 생, 생쥐를 정말 가족처럼 대해 주나요?"

룰루가 다정한 목소리로 말했어요.

"당연하죠. 우리 카페에서 일하면 모두 한
식구니까요."

번개가 끼어들며 잘난 척하는
목소리로 말했어요.

"우리 카페에는 먹을 게 무지
많아서 생쥐는 먹지 않아요."

아홉이네 엄마는 망설이며 물었어요.

"고양이와 생쥐가 어떻게 한 식구가 될 수 있죠?
그건 불가능한 일이잖아요."

"모두 그렇게 생각하겠죠. 하지만 고양이와
생쥐도 얼마든지 한 식구가 될 수 있다는 걸
우리가 보여 주려고요. 고양이가 커피를 만드는
일도 처음엔 불가능했어요. 하지만 보세요, 우리가
카페를 열었잖아요!"

투투의 말을 듣고서야 아홉이네 엄마는 카페에
발을 들여놓았어요.

"굶주린 아이들이 아홉이나 있어서……."

아홉이네 엄마는 말끝을 흐렸어요.

룰루는 어느 틈에 챙겼는지 아홉이네 엄마에게
음식 보따리를 내밀었어요.

"이걸 가져가 아이들에게 먹이세요."

"아직 일도 안 했는데 벌써 챙겨 주면……."

"당연히 챙겨야죠. 이제 우린 한 식구인데."

"고맙습니다. 이 은혜 잊지 않을게요."

"고양이와 생쥐가 나란히 손님을 대접하고
차를 나르다니!"

사람들은 입이 쩍 벌어지고
말았어요.

"여기가 바로 고양이와
생쥐가 함께 일하는
카페인가요?"

"고양이와 생쥐가
정말, 진짜로 함께
일을 해요?"

소문을 듣고 손님들이
다시 찾아왔어요.

"투투, 지난번에 화내서 미안해. 사람들이 이렇게
좋아할 줄 몰랐어."

번개가 사과하자 투투는 활짝 웃으며
말했어요.

"다 지난 일인데, 뭐."

고양이들은 아홉이네

엄마한테 말했어요.

　"아기 쥐들도 카페에 데려오면
어때요?"

　"아이들을 집에 두고 나오니 불안하긴
해요. 하지만 미안해서요."

　"여긴 넓고 음식도 많으니까 데려오세요. 우리는
한 식구잖아요."

　룰루가 다정하게 말하자 아홉이네 엄마가
결심했어요.

　"그럼 내일 당장 이사할게요."

　생쥐 가족이 온 뒤, 고양이 카페에 새로운 놀이가
하나 늘었어요.

'고양이 목에 방울 달기' 놀이.

아홉 마리 아기 쥐들은 쪼르르 몰려다니며

고양이 목에 방울을 달았어요.

"생쥐가 고양이 목에 방울을 달다니!"

"나 지금 꿈꾸고 있는 거 아니지?"

손님들은 깜짝 놀라 찻잔을 놓치기까지 했어요.

"앗, 뜨거워. 이렇게 뜨거운 걸 보면

꿈이 아닌 게 확실해."

"그러니까 맘 편히 즐기자고."

손님들은 그제야 박수를 치며 웃음을 터뜨렸어요.

고양이 카페가 다시 잘되니 사람들이 또 따라
할까 봐 걱정이라고요? 그래요, 가만있을 리가
없죠. 사람들은 반짝반짝 빛나는 금종이에
'쥐 종업원'을 구한다고 대문짝만하게 써 붙였어요.
쥐들의 마음을 끌려고 먹이를 더 많이 주겠다고
덧붙여서요. 하지만 아직 구하지 못했어요.
아홉이네 엄마처럼 용기 있는 생쥐가 없었거든요.

　　음악 소리가 들리지 않나요? 맞아요. 바로
저기가 고양이 카페예요. 노는 데 선수인
고양이들과 생쥐 열 마리가 사람들과 어울려
춤추고 노래하며 파티를 벌이나 봐요. 어서 가서
우리도 함께 놀아요.

♬ 노는 게 일이고 일이 놀이야

신나게 차랄라 손님들은 호호 하하

야옹야옹 들썩들썩 라라랄라라 행복한 세상♬

행복한 세상을 꿈꾸며

언젠가 가로수 길 돌 틈에서 고양이 가족을 보았어요.

어미 고양이는 새끼들과 함께 햇볕을 쬐며 세상 구경을 하고 있었어요. 길에서 그렇게 어리고 작은 고양이를 본 건 처음이었죠. 시간이 많이 흘렀지만 지금도 그 길을 지날 때면 그냥 가지 못해요. 조용히 걸음을 멈추고 돌 틈을 살피게 돼요.

'새끼 고양이들은 다 자라 어미 곁을 떠났겠지? 길고양이로 살려면 먹이 구하기도 어렵고, 사고를 당하기도 쉬운데, 잘 지내고 있나? 아냐, 신나게 살고 있을 거야…….'

고양이 가족을 그리워하며 많은 생각을 합니다.

그런데 고양이는 생각하는 것만으로도 꿈을 꾸게 하는 동물인가 봐요. 이 책《고양이 카페》는 그때 그 길고양이 가족을 생각하며 썼으니까요.

'고양이 카페'에 가면 무얼 가장 하고
싶나요? 꾹꾹이 안마를 받아 보고 싶다고요? 낮잠
쿠폰을 내고 고양이랑 포근하게 낮잠을 자고 싶다고요?
고양이랑 커플 사진을 찍고 싶은 친구, 보드게임을 하고
싶은 친구도 있을 거예요. 뭐가 문제겠어요. 우리가 꿈꾸는
고양이 카페에선 무얼 해도 재미날 텐데요.

고양이들과 어울려 신나게 놀아 보세요. 공부 생각,
숙제 생각은 잠시 접어 두고요. 그렇게 한바탕 놀다 보면
시원한 바람을 쐰 듯 머릿속이 상쾌해질 거예요.

이제 흔히 보는 고양이도 다르게 보이지 않나요?
별별 걸 다 할 수 있는 고양이로 말이에요. 그래서 더
사랑스럽고 더 귀하게 보이고, 새로운 상상이
떠오르고! 이 책을 읽고 여러분과 고양이가 더
행복해지길 꿈꿔 봅니다.

서석영

여러분은
'고양이 카페'
평생회원입니다.
언제든 놀러 오세요.